SOPA DE LIBROS

Título original: *Magalik badaki*
© Del texto: Patxi Zubizarreta, 2000
© De las ilustraciones: Elena Odriozola, 2000
© De la traducción: Itziar Ortuondo, 2000
© De esta edición: Grupo Anaya, S. A., 2000
Juan Ignacio Luca de Tena, 15. 28027 Madrid
www.anayainfantilyjuvenil.com
e-mail: anayainfantilyjuvenil@anaya.es

Primera edición, diciembre 2000
12.ª impr., julio 2013

Diseño: Manuel Estrada

ISBN: 978-84-207-1289-5
Depósito legal: M-36932-2011

Impreso en Anzos, S. L.
La Zarzuela, 6
Polígono Industrial Cordel de la Carrera
Fuenlabrada (Madrid)
Impreso en España - Printed in Spain

Las normas ortográficas seguidas en este libro son las establecidas por la
Real Academia Española en su edición de la *Ortografía* del año 1999.

*Reservados todos los derechos. El contenido de esta obra está protegido
por la Ley, que establece penas de prisión y/o multas, además
de las correspondientes indemnizaciones por daños y perjuicios, para
quienes reprodujeren, plagiaren, distribuyeren o comunicaren públicamente,
en todo o en parte, una obra literaria, artística o científica, o su transformación,
interpretación o ejecución artística fijada en cualquier tipo de soporte
o comunicada a través de cualquier medio, sin la preceptiva autorización.*

Zubizarreta, Patxi
Magali por fin lo sabe / Patxi Zubizarreta ; ilustraciones
de Elena Odriozola ; traducción del Itziar Ortuondo. —
Madrid : Anaya, 2000
80 p. : il. col. ; 20 cm. — (Sopa de Libros ; 50)
ISBN 978-84-207-1289-5
1. Búsqueda de la propia identidad. 2. Profesiones. I.
Odriozola, Elena, il. II. III. TÍTULO
830.69-34

Magali por fin lo sabe

Patxi Zubizarreta

Magali por fin lo sabe

Ilustraciones
de Elena Odriozola

ANAYA

Traducción de Itziar Ortuondo

1
MAGALI
NO LO SABE

Esta tarde, a Magali le
ha comido la lengua el gato.
Se la ha comido cuando la
maestra ha preguntado:

—¿Habéis pensado ya qué
queréis ser de mayores?

Por lo visto, todos lo habían
pensado, porque enseguida
han respondido:

—¡Yo, astronauta!

—¡Yo, cantante!

—¡Yo, pastelero!

—¡Yo, pintora!

—¡Yo, marinera!

—¡Yo, domador!

Pero, por lo visto, Magali no lo había pensado, porque ni siquiera ha abierto la boca.

—¿Y tú, Magali, lo sabes ya? —ha insistido la maestra.

—¡Le ha comido la lengua el gato! —se le ha adelantado Gustavo, el deslenguado.

—Yo... —ha tartamudeado Magali—. Yo..., no lo sé.

Entonces, han repetido todos a la vez:

—¡Yo, astronauta!

—¡Yo, cantante!

—¡Yo, pastelero!

—¡Yo, pintora!

—¡Yo, marinera!

—¡Yo, domador! —ha dicho Gustavo mientras observaba a Magali con ojos de tigre.

Después de clase, Magali ha vuelto callada y pensativa en el autobús. En casa ha seguido igual.

—A Magali hoy le ha comido la lengua el gato —han dicho también sus padres durante la cena.

Magali está callada y pensativa, pero le gustaría preguntar a su madre si desde niña quería ser librera. O, a su padre, si desde niño quería ser farmacéutico.

Y, sobre todo, le gustaría preguntarles si siempre han soñado con trabajar tanto, porque parece que no piensan en otra cosa. Pero, como hoy le ha comido la lengua el gato, Magali ni siquiera ha abierto la boca.

—No olvides que mañana vuelve Carlota —le ha dicho su madre—. Si quieres, podemos ir juntas al aeropuerto.

Magali ha continuado sin decir nada, pero ha pensado: «¡Cómo lo iba a olvidar!». Y en sus labios se ha dibujado una enorme sonrisa y ha asentido con firmeza.

—Yo tengo mucho trabajo
y no podré ir, pero dejad la
cena en mis manos —se ha
disculpado su padre.

Una vez en la cama, Magali
se ha vuelto a preguntar qué
le gustaría ser de mayor. Pero
todavía no lo sabe. Por ahora
solo sabe que mañana Carlota
regresa de Nueva York y que irá
a buscarla al aeropuerto con su
madre. Y, ahora, eso es lo único
que necesita saber para estar
contenta y emocionada.

2
EL REGRESO
DE CARLOTA

Magali ha pasado la noche
entre pesadillas terribles: un gato
negro, del tamaño de un tigre,
intentaba comerle la lengua,
pero justo en el momento en
que le lanzaba un zarpazo, se ha
despertado temblando y empapada
en sudor. Por eso, hoy ha sido
un alivio tener que levantarse.

El espejo del baño le ha
reflejado su cara pálida de
angustia. No parecía la Magali
de siempre. Luego, se ha acordado

de Carlota y sus labios
han dibujado una sonrisa.

A Magali ayer no le comió la
lengua el gato. De lo contrario,
hoy en la escuela no habría

estado tan revoltosa y charlatana.
De lo contrario, camino del
aeropuerto, su madre no habría
tenido que mandarla callar
tantas veces.

—¿Carlota quería ser actriz
desde niña? —insistía una y
otra vez.

—Que sí, ¿cuántas veces
quieres que te lo repita? Desde
pequeña soñaba con ser artista.

En el aeropuerto tampoco
ha dejado de hacer preguntas.
Primero, sobre Carlota; después,
sobre los aviones. Pero a veces se
ha quedado callada y pensativa.
«Quizá pueda ser vendedora
de revistas, o azafata, o piloto»,
ha pensado, aunque parecía
que nada de eso la convencía
del todo.

De repente, como si hubieran alzado el telón de un escenario, se ha abierto una puerta y ha aparecido su hermana.

—¡Mamá! ¡Magali, mi bruja más bruja! —y parecía que quisieran darse todos los besos acumulados durante meses.

En el coche, Carlota tenía muchas cosas que contar. No ha dejado de hablar ni un momento. Magali iba callada y pensativa, pero sin quitar ojo a su hermana.

—¿Te ha comido la lengua el gato? —le ha preguntado Carlota girándose hacia atrás.

Magali no le ha respondido nada, pero le ha sacado la lengua y, entonces, Carlota ha intentado atrapársela con la mano.

—Acércate un poco —le ha dicho para ponerle su sombrero—. Ahora pareces una bruja de verdad.

Al llegar a casa, se han encontrado con la mesa puesta y la cena lista.

—*Do you want to have dinner?* —le ha preguntado papá a Carlota tras una lluvia de besos.

—*Yes, please!* —le ha suplicado
ella—. ¡Estoy deseando volver
a probar la comida de casa!

La cena ha estado estupenda
y la sobremesa todavía mejor.
Todos han disfrutado mientras
veían las fotos de Carlota.

—Esta me la sacaron en
el Empire State Building.

Magali miraba con atención las fotos, pero sin quitarle ojo a su hermana mayor. «Quizá yo también pueda ser actriz

o directora de cine o...», ha empezado a pensar cuando su madre le ha dicho:

—Magali, se está haciendo tarde y mañana tienes que ir a la escuela.

—Sí, pero pronto estarás de vacaciones, ¿verdad? —ha añadido Carlota mientras le guiñaba un ojo.

—*Good night* —se ha
despedido Magali sin apartar
la vista de Carlota.

En el baño, a solas, Magali
se ha dedicado a curiosear en
el neceser de su hermana. Se
ha pintado los labios y las uñas.
También se ha maquillado un
poco y, entonces, ha terminado
de pensar: «Quizá yo también
pueda ser actriz o directora
de cine o maquilladora ...»

3
MAGALI AÚN
NO LO SABE

Hoy Magali se ha levantado
sin rechistar cuando Carlota ha
venido a despertarla. Esta noche
no ha tenido pesadillas y se ha
encontrado con su cara alegre
en el espejo del baño. También
ha descubierto restos de
pintalabios en su mejilla:
seguramente Carlota le dio
un beso al acostarse.

Cuando Magali se levanta
tarde, su madre la regaña. La
mira enfurruñada. Pero hoy

se ha levantado
sin protestar y le ha
sobrado tiempo para
desayunar. Aun así, su
madre ha tenido que decir:

—Si la hubiera llamado yo,
Magali habría contestado:
«¡Porfa, mami, todavía no he
terminado de dormir!» Pero
como hoy la ha despertado
su querida hermana, no ha
dicho ni mu...

Y su madre ha vuelto a
mirarla enfurruñada. Pero
Carlota, sin decir nada,
le ha guiñado un ojo.

—Anda, que se hace tarde
—ha seguido mamá.

—Hoy la acompaño yo a
la parada —ha dicho Carlota,
y, antes de salir, le ha puesto
su sombrero a Magali.

En la parada del autobús,
sus compañeros se han
quedado boquiabiertos
al ver a Carlota.

—¿Quién es esa chica? —le
han preguntado entre dientes.

—Es mi hermana, Carlota,
que vive en Nueva York. El
sombrero también es de
Nueva York.

Durante toda la mañana,
Magali ha estado revoltosa y
charlatana. Pero un poco antes
de salir al recreo, le ha vuelto
a comer la lengua el gato.
Ha ocurrido cuando la maestra

ha preguntado:

—¿Habéis pensado de qué
os vais a disfrazar? ¡No olvidéis
que mañana es la fiesta de
Navidad!

Y, al parecer, todos lo habían
pensado ya, porque enseguida
han respondido:

—¡Yo, de astronauta!

—¡Yo, de cantante!

—¡Yo, de pastelero!

—¡Yo, de pintora!

—¡Yo, de marinera!

—¡Yo, de domador! —y
Gustavo ha mirado a Magali
con ojos de tigre, pero cuando
iba a decir algo más, ha sonado
el timbre del recreo y todos han
salido corriendo.

Más tarde, Magali también
ha vuelto callada y pensativa
en el autobús. Pero se ha llevado
un alegrón al ver a Carlota
esperándola en la parada.
Y se ha alegrado más aún

cuando su hermana, al llegar
a casa, le ha preparado un
chocolate caliente.

—¿Has escrito ya a Santa Claus? ¿Has pensado qué le vas a pedir? —le ha preguntado después de acabar la merienda.

Magali ha negado con la cabeza. Le ha vuelto a comer la lengua el gato. Magali tiene muchas cosas en qué pensar. Por eso ha sentido un escalofrío. Por eso le sudaban las manos. Por eso ha comenzado a llorar.

—¡No sé lo que quiero ser! ¡No sé de qué me voy a disfrazar mañana! ¡No sé qué pedirle a Santa Claus! —ha respondido entre suspiros cuando Carlota ha conseguido calmarla un poco—: ¡¡¡No sé, no sé y no sé…!!!

—Tranquilízate… —le ha dicho su hermana con cara de preocupación—. No pasa nada. Ahora no podemos pensar en todo a la vez. Lo primero que haremos será elegir el disfraz de mañana —y ha empezado a dar vueltas alrededor de la mesa de la cocina con una mano en la barbilla y haciendo «Hum, hum, hum».

Magali la seguía con ojos de gatito, que enseguida se han convertido en ojos de búho.

—¡Ya lo tengo! ¡Puedes ser una bruja, una maga! Además, los magos, igual que los actores, pueden ser lo que ellos quieran. Si quieren, pueden ser

astronautas
o cantantes
o pasteleros...
Además, con el sombrero
ya tienes medio disfraz.

Magali ha asentido contenta,
así que se ha puesto manos a
la obra. Cuando han llegado
sus padres, la han encontrado
disfrazada, revoltosa y charlatana.
No parecía la misma de antes.

—¡Bienvenidos a la casa de la maga Magali! ¡Si os portáis mal, os convertiré en rana! ¡Carabirubí-carabirubá!

—¡No, en rana no, por favor! ¡Hace demasiado frío para estar en la calle! —le ha suplicado su madre.

—¿Frío dices? He oído en la radio que esta noche puede

helarse hasta el mar —ha
añadido su padre y, luego,
mirando a Magali—: *You are
very, very beautiful!*

Magali no se ha quitado el
disfraz hasta la hora de acostarse.
Y cuando se ha despedido con
un «*Good night*», Carlota le
ha dicho:

—*Sweet dreams!* —y después,
al oído—: Luego te contaré
un secreto…

Pero Magali, después de haber
estado curioseando en el neceser
de su hermana, se ha acostado
y se ha quedado dormida en el
acto. No ha podido decir nada
a Carlota y menos aún escuchar
su secreto.

4
EL SECRETO
DE CARLOTA

Nada más despertarse, Magali
le ha preguntado a su hermana:

—Carlota, ¿cuál es tu secreto?

—No se lo digas a nadie
—ha respondido ella mirando
alrededor—: si quieres, mañana
podemos ir a patinar en el mar.
Pero de esto ni una palabra a
papá y a mamá, ¿o.k.?

Magali se ha alegrado mucho:
¡patinar en el mar! Pero luego
se ha puesto nerviosa: sus padres
siempre dicen que patinar en el

mar es muy peligroso, que está totalmente prohibido, y que además ponen multas muy grandes.

Tan nerviosa está, que apenas ha escuchado las palabras de

su madre:

—La única forma de que Magali se levante a la hora es que Carlota esté en casa.

Y su madre ha mirado enfurruñada a Magali. Pero Carlota le ha guiñado un ojo.

—Hoy se ha levantado sin que nadie la llamara —la ha defendido—. Vamos, te ayudaré a ponerte el disfraz.

Cuando han vuelto a la cocina, sus padres la han recibido con un aplauso. Los compañeros del autobús también la han mirado sorprendidos. Nadie sabía de qué se iba a disfrazar y si la han reconocido es porque ha llegado con Carlota.

—¡Qué calladito te lo tenías!
¡Estás muy guapa! —le ha dicho
la maestra.

Y durante la fiesta, la maga
Magali ha estado revoltosa
y charlatana. Y le ha dicho

a Gustavo:

—¡Si te portas mal,
te convertiré en rana!
¡Carabirubi-carabiruba!
—y Gustavo no le
ha mirado con
ojos de domador,
sino de tigre
domado.

Magali se lo ha pasado muy
bien en la fiesta. Hacía tiempo
que no disfrutaba tanto. Y se
lo ha contado todo a Carlota
nada más bajarse del autobús.
Después, en lugar de ir a
casa, han estado jugando
en la nieve. En uno de sus
revolcones, le ha preguntado
a su hermana:

—Carlota, ¿no será muy peligroso patinar en el mar?

—En casa te voy a enseñar una cosa —le ha respondido ella—. Ese sí que es un secreto.

Allí, Carlota le ha enseñado una foto, ¡la foto de sus padres patinando en el mar helado!

—Fíjate, se conocieron patinando en el mar... Pero ahora, antes de que vuelvan, tenemos que escribir a Santa Claus. Se nos está haciendo tarde.

Magali aún estaba mirando la foto, cuando Carlota ha vuelto con papel y boli.

—No sé qué pedir…
—ha confesado pensativa.
—Vamos a ver… —ha

empezado su hermana mientras daba vueltas a la mesa haciendo «Hum, hum, hum»—: Los indios de Norteamérica utilizan el ahuyentapesadillas para evitar los malos sueños. Lo colocan en la cabecera de la cama y así no tienen más que sueños agradables. ¿Por qué no pides uno?

Magali se ha acordado del gato de su pesadilla y le ha parecido una buena idea. Ha asentido convencida y se ha puesto a escribir despacio y con buena letra.

—Es un poco tarde, pero podemos enviarla mañana —le ha dicho Carlota mientras cerraba el sobre.

Desde que Carlota ha vuelto, Magali está feliz, revoltosa y charlatana. *Carlota is different.* Además, ha descubierto que papá y mamá son más picarones de lo que parecían.

Después de cenar, Magali se ha dedicado a mirar el álbum de fotos de su hermana. Le encanta esa en la que está Carlota en el Empire State Building. «Ampliaría esta foto y haría un póster para colgarlo en mi habitación», ha pensado, «pero la carta de Santa Claus está cerrada y es demasiado tarde para pedirlo».

Magali hoy está tan cansada, que se ha despedido sin que se lo mandaran:

—Buenas noches.

—Hasta mañana, maga Magali —le han respondido sus padres, y Carlota le ha guiñado un ojo.

Y como todas las noches,

Magali se ha ido al baño. Allí ha
estado curioseando en el neceser
de Carlota, y después se ha
acostado y se ha dormido
en el acto.

5
MAGALI
CASI LO SABE

Aunque está de vacaciones,
Magali se ha levantado a la
hora de costumbre. Cuando
ha aparecido en la cocina,
su madre se ha quedado
boquiabierta.

—¡Qué milagro es este!
¿Has tenido pesadillas, o qué?

Magali lo ha negado con la
cabeza y Carlota ha dicho:

—Hoy es el primer día de
vacaciones y vamos a ir al
Parque de Navidad.

—*It´s a good idea!* —ha saltado papá—. A mí también me gustaría ir, pero estos días estoy demasiado ocupado.

Sin embargo, antes de ir al Parque, las dos hermanas se han dirigido al mar helado. Riss, rass, se han deslizado sobre el hielo y Magali se ha sentido como un cisne. A pesar de los culazos que se ha dado, rass, riss, está maravillada patinando con Carlota. Solo una vez ha sentido una especie de vértigo, al acordarse de la profundidad del mar.

—Carlota, ¿aquí cubre mucho?

—No lo sé —le ha respondido haciendo una pirueta—. Ni lo sé

ni me importa. Además, aunque
nos hundamos, a las sirenas no
nos puede pasar nada.

Entre risas y gritos, han patinado
hasta terminar rendidas. Luego,
de camino al Parque
de Navidad, han
enviado la carta para
Santa Claus. Al
echarla en el buzón
con boca de león,
Magali ha sentido
un ligero escalofrío
y se ha acordado
de Gustavo:
«Tiene que ser
muy valiente
para querer ser
domador…»

En el Parque de Navidad, Magali se ha encontrado con muchos amigos. Gustavo también andaba allí con su madre, pero cuando se estaban saludando, un perro ha empezado a ladrar, y Gustavo ha pegado un salto y se ha agarrado a su madre.

—Los perros le dan mucho miedo —ha explicado ella, y él se ha hecho el sordo y se ha puesto a mirar alrededor.

Cuando han vuelto a casa, Magali se ha sentido estupendamente. Desde que su hermana ha vuelto está feliz, revoltosa y charlatana, y solamente tiene una pena:

no puede contar a
sus padres que ha
estado patinando
en el mar. Por eso
ha tenido que
morderse la
lengua más
de una vez.

Luego, encerrada en el baño,
se ha maquillado un poco y ha
jugado a ser una actriz como
Carlota. Se ha movido como
ella, ha gesticulado como ella,
y ha hablado como ella mientras
fingía actuar.

—*Good night my darling* —le
ha dicho la Carlota del espejo.

6
LA DESPEDIDA DE CARLOTA

Tras un corto sueño, Magali se ha despertado de madrugada y no ha tenido tiempo de pasar por el baño. Se ha ido corriendo a la sala y allí ha encontrado dos paquetes enormes: uno redondo y el otro rectangular. El corazón se le ha acelerado y ha sentido ganas de gritar.

Cris, cras, ha rasgado el papel del paquete redondo: ¡el ahuyentapesadillas! Cras, cris, ha rasgado el del paquete rectangular: ¡un póster enorme de Carlota en el Empire State Building! Y entonces se ha puesto a gritar.

—¡Ha venido! ¡Ha venido! ¡Y lo ha adivinado!

Aún medio dormidos, han aparecido sus padres y Carlota. Ellos también tienen sus regalos, pero se han quedado sorprendidos con los de Magali, sobre todo con el póster.

—Lo deseaba, pero se me ocurrió demasiado tarde. Y aun así, Santa Claus ha sido capaz de adivinarlo... —y luego, mostrando su alegría, les ha preguntado—: ¿Qué pasa, os ha comido la lengua el gato?

Por la mañana, Carlota
le ha ayudado a colocar el
ahuyentapesadillas y el póster
en su habitación, el póster que
le recordará todo el tiempo a
su hermana. Pero, tal como lo

temía, pronto ha vuelto el gato
y le ha vuelto a comer la lengua.
Ha ocurrido cuando Carlota,
frunciendo el ceño, le ha dicho:

—Mis vacaciones se han acabado. Mañana tengo que volver a Nueva York. Pero me acompañarás al aeropuerto, ¿verdad?

Magali, callada, ha intentado sonreírle y ha asentido con la cabeza.

Y Magali hoy se ha acostado más tarde que nunca. Quería aprovechar todo el tiempo para estar con Carlota. Hasta han ido juntas al baño, y allí han estado maquillándose la una a la otra.

Al día siguiente, el gato le ha vuelto a comer la lengua. Ha sido camino del aeropuerto. Pero esta vez también se la ha comido a mamá y a Carlota, porque ellas también iban calladas. Y Magali va con la mirada fija en su hermana y no le quita ojo.

—¿Te ha comido la lengua el gato? —le ha preguntado su hermana girándose hacia atrás.

Magali le ha respondido sacándole la lengua. Entonces Carlota ha intentado atrapársela con la mano.

—Acércate un poco —le ha ordenado, y le ha colocado mejor el sombrero—: Quédatelo: este es mi regalo. Así, serás la maga

Magali y podrás ser todo lo que quieras: astronauta, cantante, pastelera... O mejor, un poquito de todo, porque tiene que ser aburrido ser lo mismo toda la vida.

La despedida en el aeropuerto también ha sido bastante silenciosa.

—Mamá. Magali, mi bruja más bruja... —les ha dicho mientras hacían acopio de besos para los meses siguientes—. No olvidéis escribirme, ¿vale? *See you later...*

De repente, como si hubieran alzado el telón de un escenario, se ha abierto una puerta por la que ha desaparecido Carlota. Adiós.

Y Magali hoy se ha acostado temprano.

—Buenas noches. Hasta mañana —se ha despedido de sus padres y, de camino a su habitación, ha pensado: «Aunque siempre están muy ocupados, a lo mejor algún día consigo convencerles para patinar en el mar…»

Luego, al acostarse, ha mirado el póster y el ahuyentapesadillas. Se ha puesto triste, pero la sonrisa de Carlota en la foto la ha tranquilizado. Y, sobre todo, se ha sentido aliviada: Carlota sabía desde pequeña qué quería ser de mayor, y, por fin, Magali también lo sabe…

7
MAGALI
POR FIN LO SABE

Se han acabado las vacaciones
y hoy es el primer día de clase.
Cuando su madre ha ido a
despertarla, Magali ha
empezado:

—¡Porfa, mami, todavía
no he terminado de dormir!

Entonces su madre la ha reñido
mirándola enfurruñada. Ella no
sabe por qué Magali no quiere
levantarse: ha soñado que estaba
con Carlota, patinando en el mar
helado alrededor de la Estatua

de la Libertad. Por eso le ha costado tanto levantarse, porque en su sueño se lo estaba pasando fenomenal.

Después, su madre la ha acompañado a la parada de autobús y allí sus compañeros le han preguntado:

—¿Y tu hermana?

—Ha vuelto a Nueva York, pero me ha regalado su sombrero —les ha explicado mientras se lo colocaba mejor.

Tanto en el autobús como en clase, Magali ha estado revoltosa y charlatana. Y cuando la maestra les ha preguntado cómo lo han pasado en vacaciones, ella ha sido la primera en responder:

—Requetebién —y todos le han mirado boquiabiertos cuando ha contado qué regalos ha tenido—. Además, ahora ya sé lo que quiero ser de mayor.

—¡¡¡Yo también!!! —se han puesto todos a alborotar—. ¡¡¡Yo también!!!

—¡Yo, astronauta!

—¡Yo, cantante!

—¡Yo, pastelero!

—¡Yo, pintora!

—¡Yo, marinera!

—Yo..., yo, domador —ha dudado Gustavo mirando a Magali con ojos de gatito.

—Pues yo, yo quiero ser Carlota —ha dicho Magali rotunda.

—¿Carlota...? —le han preguntado sorprendidos.

—Sí, de mayor yo quiero ser Carlota —ha repetido con firmeza.

La maestra también iba a preguntarle algo, pero ha sonado el timbre del recreo y todos han salido corriendo de clase.

Magali hoy ha vuelto tranquila y contenta en el autobús. Magali ya sabe lo que quiere ser de mayor. Además, ahora tiene algo que contar a Carlota en su próxima carta: eso y que, cuando sueña con ella, se lo pasa fenomenal.

Escribieron y dibujaron...

Patxi Zubizarreta

Fotografía: Zaldi Ero

—*Nace en Ordizia (Guipúzcoa) en 1964. ¿Cómo surgió la idea de escribir para niños?*

—Mis primeras obras fueron para adultos, pero enseguida me animé a escribir para niños, quizá porque nunca he dejado de leer literatura infantil: la brevedad, la sencillez, poder ser maquinista o pastelero, pero también cigüeña o el Hombre que Corta las Orejas, ver mis historias bellamente editadas e ilustradas, todo eso me ha animado hasta hoy.

—*¿Usted, desde niño, ¿ya sabía que quería ser escritor, al contrario que Magali?*

—No, ni mucho menos. De niño, cuando un misionero venía a la escuela a contarnos su experiencia en África, yo soñaba con ser como él; pero, cuando mi padre me explicaba cómo fabricaban los trenes, yo quería ser maquinista; y, cuando los domingos me compraba una palmera, yo quería ser pastelero Y así muchas más cosas. Sin embargo, nunca pensé ser escritor, tal vez porque no conocía a ninguno.

—*Entonces, ¿cómo decidió dedicarse a escribir?*

—Tengo el recuerdo de que, durante mis años de escuela, garabateé algún diario que otro, pero sobre todo leí mucho. No era rechoncho, ni regordete, sino gordo de verdad, y disfrutaba más leyendo o comiendo bocadillos de nocilla y chorizo «todo junto» que jugando al fútbol. Aun sin saberlo, seguramente estaba dando mis primeros pasos. Fue bastante más tarde, mientras estudiaba filología vasca en la universidad, cuando tuve la suerte de conocer a un escritor de verdad, Joan Mari Irigoien, y me planteé probar. Me gustó mucho, casi más que los bocadillos de nocilla y chorizo «todo junto», y, además descubrí que siendo escritor podía ser misionero, maquinista, pastelero y todo lo que quisiera. También descubrí que para ser escritor no es necesario estar gordo, pero sí, en cambio, ser un buen lector.

Elena Odriozola

—*Elena Odriozola nació en San Sebastián en 1967. ¿Cómo fueron sus inicios en el campo de la ilustración?*

—Empecé ilustrando libros de texto. Luego, hice mi primer cuento, luego otro... y, así, hasta hoy. Es un trabajo muy gratificante.

—*¿Qué experiencia destacaría en su trayectoria profesional?*

—Destacable, lo que se dice destacable, no se me ocurre nada. Quizá que trabajé nueve años en agencias de publicidad, lo que me dio la oportunidad de ilustrar todo tipo de cosas para todo tipo de clientes.

—*¿Qué momentos o aspectos de esta historia le han parecido más sugerentes para realizar las ilustraciones?*

—Sobre todo que Magali se despierte al comienzo de cada capítulo, salvo el primero. Con los dibujos su-

80 cesivos se da la sensación de que su problema se va so-
lucionando: cada vez está más despierta. También he
utilizado el gato para expresar los miedos de ella. Me
parece especialmente sugerente la imagen del mar helado, por destacar algunos rasgos, ya que la obra, en su
totalidad, me ha parecido muy emotiva.